輕便本

溜日語會話
這樣就行啦

日本語大好き！

吉松由美◎著

山田社

前言

《溜日語會話 這樣就行啦》出輕便本囉！
這樣就能方便您隨身攜帶，
想學就學，走到哪，學到哪。

既然學了日文，當然夢想著有一天能夠用日文滔滔不絕，讓日本人驚訝的對你說：「你簡直就是日本人！」想要口若懸河沒這麼難，用對方法才重要！《溜日語會話 這樣就行啦》教您的不只是單字和句型，還要讓您學會「用日語生活」！

❧ 想必您也遇過下面這幾個問題：

★ 每種狀況都有不同句型，我怎麼記得住？
★ 為什麼單字文法都沒錯，日本朋友卻說我「講錯了」？
★ 有處處可用的萬用句子嗎？
★ 日本人在什麼場景會說什麼話？

所有的問題都是因為缺乏「活用」的能力！語言首重溝通，想要溝通順暢，就要知道「日本人什麼時候會說什麼話」！從每天可用的日常會話下手，知己知彼，就能和日本人一來一往，天南地北聊個夠囉！

❧ 三個細節「見縫插針」，日語撇拉撇拉（ぺらぺら）！

第一針 一個句型，物盡其用

就像中文同一句話，在不同時候講出來，會代表不同意思，同一個日文句型用在不同地方，就可以表現多種意思！

第二針 一個單字，處處可用

「紅茶」這個單字會出現在餐廳，也可以在飛機上使用。除了少數特定場景有特殊單字之外，大部分的單字會隨機出現在各個生活角落。因此常用、萬用單字，不可放過！

第三針 一個場景，多句齊用

為了應付生活各場景各種狀況，準備幾句「場景常用句」，可以讓您的溝通更加順利。事到臨頭可以從容應對，讓朋友都覺得您帥爆了！

最愛四處玩玩的資深日語教師吉松由美老師，精選各種生活場景，包括自我介紹、談論天氣、談論夢想、赴日旅遊…等等，並為您列出場景必定可用的句型與替換單字，單字＋句型＋語境，通通在一起，您只需要這一本，日常會話就完全沒問題！

★ 54個萬用基本句型，隨時隨地都可拿出來用。
★ 80個生活場景，都有好用那一句！
★ 600個以上實用替換單字，食衣住行育樂通通有！
★ 生動插圖幫助理解，超鮮活超好記！
★ 配合東京腔朗讀CD，語氣、語境完全不成問題！

目録

第一章 假名與發音	9	
假名就是中國字		
清音、濁音、半濁音		
第二章 寒暄一下	15	
1. 你好	16	
2. 再見	17	
3. 回答	18	
4. 謝謝	19	
5. 不客氣啦	20	
6. 對不起	21	
7. 借問一下	22	
8. 這是什麼	23	
第三章 基本句型	25	
1. ～です。	26	
2. ～です。	27	
3. ～です。	28	
4. ～は～です。	29	
5. ～の～です。	30	
6. ～ですか。	31	
7. ～は～ですか。	32	
8. ～は～ですか。	33	
9. ～ではありません。	34	

10. ～ですね。	35
11. ～ですね。	36
12. ～でしょう。	37
13. ～ます。	38
14. ～から来ました。	39
15. ～ましょう。	40
16. ～ください。	41
17. ～ください。	42
18. ～を～ください。	43
19. ～ください。	44
20. を～ください。	45
21. ～ください。	46
22. ～してください。	47
23. ～いくらですか。	48
24. ～いくらですか。	49
25. ～いくらですか。	50
26. ～はありますか。	51
27. ～はありますか。	52
28. ～はありますか。	53
29. ～はどこですか。	54
30. ～をお願いします。	55
31. ～でお願いします。	56

32. ～までお願いします。　57

33. ～お願いします。　58

34. ～はどうですか。　59

35. ～の～はどうですか。　60

36. ～がいいです。　61

37. ～がいいです　62

38. ～もいいですか。　63

39. ～もいいですか。　64

40. ～たいです。　65

41. ～たいです。　66

42. ～たいです。　67

43. ～を探しています。　68

44. ～がほしいです。　69

45. ～が上手です。　70

46. ～すぎます。　71

47. ～が好きです。　72

48. ～に興味があります。　73

49. ～で～があります。　74

50. ～が痛いです。　75

51. ～をなくしました。　76

52. ～に～を忘れました。　77

53. ～を盗まれました。　78

54. ～と思っています。　79

第四章　說說自己

1. 自我介紹

1. 我姓李　80

2. 我從台灣來的　81

3. 我是粉領族　82

2. 介紹家人

1. 這是我弟弟　83

2. 哥哥是行銷員　84

3. 我姊姊很活潑　85

3. 談天氣

1. 今天真暖和　86

2. 東京天氣如何　87

3. 明天會下雨嗎　88

4. 東京八月天氣如何　89

4. 談飲食健康

1. 吃早餐　90

2. 喝飲料　91

3. 做運動　92

4. 我的假日　93

目錄

5. 談嗜好

1. 我喜歡運動　　94

2. 我的嗜好　　95

6. 談個性

1. 我的出生日　　96

2. 我的星座　　97

3. 從星座看個性　　98

7. 談夢想

1. 我想當歌手　　99

2. 現在最想要的　　100

3. 將來想住的家　　101

第五章　旅遊日語

1. 機場

1. 在機內　　102

2. 機內服務（一）　　103

3. 機內服務（二）　　104

4. 通關（一）　　105

5. 通關（二）　　106

6. 通關（三）　　107

7. 出國（買票）　　108

8. 換錢　　109

9. 打電話　　110

10. 郵局　　111

11. 在機場預約飯店　　112

12. 坐機場巴士　　113

2. 到飯店

1. 在櫃臺　　114

2. 住宿中的對話　　115

3. 客房服務　　116

4. 退房　　117

3. 用餐

1. 逛商店街　　118

2. 在速食店　　119

3. 在便利商店　　120

4. 找餐廳　　121

5. 打電話預約　　122

6. 進入餐廳　　123

7. 點餐　　124

8. 點飲料　　125

9. 進餐後付款　　126

4. 交通

1. 坐電車　　127

2. 坐公車　　　　　　　128
3. 坐計程車　　　　　　129
4. 租車子　　　　　　　130
5. 迷路了　　　　　　　131

5. 觀光
1. 在旅遊詢問中心　　　132
2. 跟旅行團　　　　　　133
3. 拍照　　　　　　　　134
4. 到美術館、博物館　　135
5. 買票　　　　　　　　136
6. 看電影、聽演唱會　　137
7. 去唱卡拉OK　　　　　138
8. 去算命　　　　　　　139
9. 夜晚的娛樂　　　　　140
10. 看棒球　　　　　　　141

6. 購物
1. 買衣服　　　　　　　142
2. 試穿衣服　　　　　　143
3. 決定要買　　　　　　144
4. 買鞋子　　　　　　　145
5. 決定買鞋子　　　　　146

6. 買土產　　　　　　　147
7. 討價還價　　　　　　148
8. 付錢　　　　　　　　149

7. 日本文化
1. 文化及社會　　　　　150
2. 日本慶典　　　　　　151
3. 日本街道　　　　　　152

8. 生病了
1. 找醫生　　　　　　　153
2. 說出症狀　　　　　　154
3. 接受治療　　　　　　155
4. 到藥局拿藥　　　　　156

9. 遇到麻煩
1. 東西不見了　　　　　157
2. 東西被偷了　　　　　158
3. 在警察局　　　　　　159

沒有複雜的文法，只要套用一個句型，再替換自己喜歡的單字，就可以舉一反三，應用在各種場面，是本書編寫的目的。書中精挑日本人生活及旅遊時，使用頻率最高的句型及單字，在句型及單字的相乘效果下，達到輕鬆、有趣的學習效果。

第一章

　　認識假名與發音。

第二章

　　常用寒暄句。有日本人生活中常說的你好、謝謝、對不請、借問一下、這是哪裡…等，好用的生活寒暄句。

第三章

　　生活、旅遊使用頻率最高的基本句型。這裡沒有複雜的文法，只要套用一個句型，再替換不同的單字，就可以舉一反三，應用在各種場面。

第四、五章

　　學過基本句型以後，接下來就可以靈活運用在生活及旅遊上。這裡有跟自己及旅遊相關內容。在同一個句型，套用不同的單字，且你一句我一句舉一反三的學習下，達到說及聽的最高效果。

第一章

假名與發音

假名就是中國字、
清音、濁音、半濁音

假名就是中國字

假名就是中國字

　　告訴你，其實日本文字「假名」就是中國字呢！為什麼？我來說明一下。日本文字假名有兩種，一個叫平假名，一個是叫片假名。平假名是來自中國漢字的草書，請看下面：

安→あ

以→い

衣→え

　　平假名「あ」是借用國字「安」的草書；「い」是借用國字「以」的草書；而「え」是借用國字「衣」的草書。雖然，草書草了一點，但是只要多看幾眼，就能知道哪個字，也就可以記住平假名囉！

　　片假名是由國字楷書的部首，演變而成的。如果說片假名是國字身體的一部份，可是一點也不為過的！請看：

宇→ウ

江→エ

於→オ

假名就是中國字

「ウ」是「宇」上半部的身體，「エ」是「江」右邊的身體，「オ」是「於」左邊的身體。片假名就是簡單吧！

清音

日語假名共有七十個，分為清音、濁音、半濁音和撥音四種。

平假名清音表 （五十音圖）				
あ a	い i	う u	え e	お o
か ka	き ki	く ku	け ke	こ ko
さ sa	し shi	す su	せ se	そ so
た ta	ち chi	つ tsu	て te	と to
な na	に ni	ぬ nu	ね ne	の no
は ha	ひ hi	ふ fu	へ he	ほ ho
ま ma	み mi	む mu	め me	も mo
や ya		ゆ yu		よ yo
ら ra	り ri	る ru	れ re	ろ ro
わ wa				を o
				ん n

假名就是中國字

片假名清音表（五十音圖）

ア a	イ i	ウ u	エ e	オ o
カ ka	キ ki	ク ku	ケ ke	コ ko
サ sa	シ shi	ス su	セ se	ソ so
タ ta	チ chi	ツ tsu	テ te	ト to
ナ na	ニ ni	ヌ nu	ネ ne	ノ no
ハ ha	ヒ hi	フ fu	ヘ he	ホ ho
マ ma	ミ mi	ム mu	メ me	モ mo
ヤ ya		ユ yu		ヨ yo
ラ ra	リ ri	ル ru	レ re	ロ ro
ワ wa				ヲ o
				ン n

假名就是中國字

濁音

　　日語發音有清音跟濁音。例如，か[ka]和が[ga]、た[ta]和だ[da]、は[ha]和ば[ba]等的不同。不同在什麼地方呢？不同在前者發音時，聲帶不振動；相反地，後者就要振動聲帶了。

　　濁音一共有二十個假名，但實際上不同的發音只有十八種。濁音的寫法是，在濁音假名右肩上打兩點。

濁音表				
が ga	ぎ gi	ぐ gu	げ ge	ご go
ざ za	じ ji	ず zu	ぜ ze	ぞ zo
だ da	ぢ ji	づ zu	で de	ど do
ば ba	び bi	ぶ bu	べ be	ぼ bo

假名就是中國字

半濁音

　　介於「清音」和「濁音」之間的是「半濁音」。因為，它既不能完全歸入「清音」，也不屬於「濁音」，所以只好讓它「半清半濁」了。半濁音的寫法是，在濁音假名右肩上打上一個小圈。

半濁音表				
ぱ pa	ぴ pi	ぷ pu	ぺ pe	ぽ po

第二章

寒暄一下

先寒暄一下

1. 你好

CD1-5

おはようございます。
ohayoo gozaimasu

早安。

こんにちは。
konnichiwa

你好。

こんばんは。
konbanwa

你好。（晚上見面時用）

おやすみなさい。
oyasuminasai

晚安。（睡前用）

どうも。
doomo

謝謝。

2. 再見

CD1-6

さようなら。 sayoonara	再見
失礼します。 しつれい shitsuree shimasu	先走一步了。
それでは。 soredewa	那麼（再見）。
バイバイ。 baibai	Bye-Bye。
じゃあね。 jaane	Bye囉。

先寒暄一下

3. 回答

CD1-7

はい。 hai	是。
はい、そうです。 hai, soo desu	對，沒錯。
わかりました。 wakarimashita	知道了。（一般）
かしこまりました。 kashikomarimashita	知道了。（較鄭重）
承知しました。 shoochi shimashita	知道了。（鄭重）

4. 謝謝

CD1-8

ありがとうございました。
arigatoo gozaimashita

謝謝。

どうも。
doomo

謝謝。

すみません。
sumimasen

不好意思。

ご親切にどうもありがとう。
goshinsetsu ni doomo arigatoo

您真親切，謝謝。

お世話になりました。
osewa ni narimashita

謝謝照顧。

先寒暄一下

5.不客氣啦

CD1-9

いいえ。 iie	不客氣。
どういたしまして。 doo itashimashite	不客氣。
大丈夫ですよ。 daijoobu desuyo	不要緊。
こちらこそ。 kochira koso	我才要謝你呢。
気にしないで。 ki ni shinaide	不要在意。

20

6. 對不起

CD1-10

すみません。 sumimasen	對不起。
失礼しました。 しつれい shitsuree shimashita	失禮了。
ごめんなさい。 gomennasai	對不起。
申し訳ありません。 もう　わけ mooshiwake arimasen	非常抱歉。
ご迷惑をおかけしました。 めいわく gomeewaku o okake shimashita	給您添麻煩了。

先寒暄一下

7. 借問一下

CD1-11

すみません。
sumimasen

不好意思。

ちょっといいですか。
chotto ii desuka

可以耽誤一下嗎？

ちょっとすみません。
chotto sumimasen

打擾一下。

ちょっとうかがいますが。
chotto ukagaimasuga

請問一下。

**りょこう
旅行のことですが。**
ryokoo no koto desuga

我想請教有關旅行的事。

8. 這是什麼

CD1-12

今は何時ですか。 ima wa nanji desuka	現在幾點？
これは何ですか。 kore wa nan desuka	這是什麼？
ここはどこですか。 koko wa doko desuka	這裡是哪裡？
それはどんな本ですか。 sore wa donna hon desuka	那是怎麼樣的書？
なんていう川ですか。 nante iu kawa desuka	河川名叫什麼？

NOTE 小筆記

第三章

基本句型

1. ～です。

是 ____ 。

名詞 + です。
　　　　desu

田中です。
<ruby>田<rt>た</rt>中<rt>なか</rt></ruby>です。
tanaka desu

我是田中。

学生です。
<ruby>学<rt>が</rt>生<rt>くせい</rt></ruby>です。
gakusee desu

我是學生。

替換看看

（我姓）林		（我姓）李	
林 リン rin		李 リー rii	
（我姓）山田		（我姓）鈴木	
山田 やまだ yamada		鈴木 すずき suzuki	
書 本 ほん hon		日本人 にほんじん nihonjin	
脚踏車 自転車 じてんしゃ jitensha		工作 仕事 しごと shigoto	

2. ~です。

是 ___ 。

数量 +です。
desu

ごひゃくえん
500円です。
gohyakuen desu

500日圓。

にじゅう
20ドルです。
nijuudoru desu

20美金。

替換看看

一千日圓 せんえん 千円 senen		一萬日圓 いちまんえん 一万円 ichimanen	
一個 ひと 一つ hitotsu		一張 いちまい 一枚 ichimai	
一杯 いっぱい 一杯 ippai		兩支 に ほん 二本 nihon	
一堆 ひとやま 一山 hitoyama		12個 じゅうに こ １２個 juuniko	

3. ～です。

很 ☐ 。

形容詞 + です。
desu

高いです。
たか

takai desu

很高。

寒いです。
さむ

samui desu

很冷。

替換看看			
好吃 おいしい oishii		冷 つめ 冷たい tsumetai	
難 むずか 難しい muzukashii		危險 あぶ 危ない abunai	
快樂 たの 楽しい tanoshii		年輕 わか 若い wakai	
暗 くら 暗い kurai		快 はや 速い hayai	

28

基本句型

4. ～は～です。

| 是 | 。 |

CD1-16

名詞 ＋ は ＋ 名詞 ＋ です。
　　　　wa　　　　　　desu

私<small>わたし</small>は学生<small>がくせい</small>です。
watashi wa gakusee desu

我是學生。

これはパンです。
kore wa pan desu

這是麵包。

替換看看

父<small>ちち</small>／先生<small>せんせい</small> chichi sensee	姉<small>あね</small>／モデル ane moderu
兄<small>あに</small>／サラリーマン ani sarariiman	彼<small>かれ</small>／アメリカ人<small>じん</small> kare amerikajin
あれ／象<small>ぞう</small> are zoo	それ／いす sore isu

29

5. 〜の〜です。

| 的 | 。 |

名詞＋の＋名詞＋です。
　　　 no 　　　 desu

<ruby>私<rt>わたし</rt></ruby>のかばんです。

watashi no kaban desu

我的包包。

<ruby>日本<rt>にほん</rt></ruby>の<ruby>車<rt>くるま</rt></ruby>です。

nihon no kuruma desu

日本車。

替換看看

妹妹 雨傘 **<ruby>妹<rt>いもうと</rt></ruby>／<ruby>傘<rt>かさ</rt></ruby>** imooto kasa	姊姊 手帕 **<ruby>姉<rt>あね</rt></ruby>／ハンカチ** ane hankachi
老師 書 **<ruby>先生<rt>せんせい</rt></ruby>／<ruby>本<rt>ほん</rt></ruby>** sensee hon	老公 電腦 **<ruby>主人<rt>しゅじん</rt></ruby>／パソコン** shujin pasokon
義大利 鞋子 **イタリア／<ruby>靴<rt>くつ</rt></ruby>** itaria kutsu	法國 麵包 **フランス／パン** furansu pan

30

6. ~ですか。

是 ___ 嗎？

CD1-18

名詞+ですか。
desuka

日本人ですか。
nihonjin desuka

是日本人嗎？

どなたですか。
donata desuka

哪一位？

替換看看

台灣人		中國人	
台湾人 taiwanjin		中国人 chuugokujin	
美國人		泰國人	
アメリカ人 amerikajin		タイ人 taijin	
英國人		義大利人	
イギリス人 igirisujin		イタリア人 itariajin	
韓國人		印度人	
韓国人 kankokujin		インド人 indojin	

7. ~は~ですか。

| 是 | 嗎？ |

名詞＋は＋名詞＋ですか。
　　　　wa　　　　　desuka

トイレはあれですか。　　　那裡是廁所嗎？

toire wa are desuka

駅はここですか。　　　　　這裡是車站嗎？

eki wa koko desuka

替換看看

出口 那裡		國籍 哪裡	
出口／あそこ		国／どこ	
deguchi asoko		kuni doko	
畢業（籍貫） 哪裡		寺廟 那裡	
ご出身／どちら		お寺／そこ	
goshusshin dochira		otera soko	
開關 那個		逃生門 這裡	
スイッチ／あれ		非常口／ここ	
suicchi are		hijooguchi koko	

8. ～は～ですか。

嗎？
名詞＋**は**＋**形容詞**＋**ですか。**
wa　　　　　　　　desuka

CD1-20

ここは痛いですか。
koko wa itai desuka

這裡痛嗎？

駅は遠いですか。
eki wa tooi desuka

車站遠嗎？

替換看看

北海道 冷	老師 年輕
北海道／寒い hokkaidoo samui	先生／若い sensee wakai
這個 好吃	價錢 貴
これ／おいしい kore oishii	値段／高い nedan takai
房間 整潔	皮包 耐用
部屋／きれい heya kiree	かばん／丈夫 kaban joobu

33

9.～ではありません。

不是 [____]。

名詞 ＋ ではありません。
dewa arimasen

CD1-21

イタリア人ではありません。　不是義大利人。

itariajin dewa arimasen

辞書ではありません。　不是字典。

jisho dewa arimasen

替換看看			
河川 川 kawa		派出所 交番 kooban	
公車 バス basu		紅茶 紅茶 koocha	
煙灰缸 灰皿 haizara		冰箱 冷蔵庫 reezooko	
電話 電話 denwa		狗 犬 inu	

10. ~ですね。

好 ⬚⬚ 喔！

CD1-22

形容詞＋ですね。
　　　　desune

暑いですね。
atsui desune

好熱喔！

寒いですね。
samui desune

好冷喔！

替換看看			
甜 甘い amai		苦 苦い nigai	
有趣 面白い omoshiroi		舊 古い furui	
新 新しい atarashii		安全 安全 anzen	
耐用 丈夫 joobu		方便 便利 benri	

11. ~ですね。

好 _____ 喔！

形容詞＋名詞＋ですね。
desune

きれいな人ですね。

kiree na hito desune

好漂亮的人喔！

素敵な建物ですね。

suteki na tatemono desune

好棒的建築物喔！

替換看看	
好的 天氣 **いい／天気** ii tenki	難的 問題 **難しい／問題** muzukashii mondai
重的 行李 **重い／荷物** omoi nimotsu	好的 位子 **いい／席** ii seki
有趣的 比賽 **面白い／試合** omoshiroi shiai	好吃的 店 **おいしい／店** oishii mise

12. ~でしょう。

是＿＿＿＿吧！

名詞＋でしょう。

deshoo

晴れでしょう。

hare deshoo

是晴天吧！

曇りでしょう。

kumori deshoo

是陰天吧！

替換看看

雨 あめ 雨 ame		雪 ゆき 雪 yuki	
風 かぜ 風 kaze		颱風 たいふう 台風 taihuu	
打雷 かみなり 雷 kaminari		星期五 きんようび 金曜日 kinyoobi	
今晩 こんばん 今晩 konban		兩個 ふた 二つ futatsu	

37

13. ～ます。

□□□。

名詞＋ます。
masu

ご飯を食べます。

han た

gohan o tabemasu

吃飯。

タバコを吸います。

す

tabako o suimasu

抽煙。

替換看看

聽音樂	在天空飛
おんがく き 音楽を聞き ongaku o kiki	そら と 空を飛び sora o tobi
學日語	說英語
に ほん ご べんきょう 日本語を勉強し nihongo o benkyooshi	えい ご はな 英語を話し eego o hanashi
拍照	開花
しゃしん と 写真を撮り shashin o tori	はな さ 花が咲き hana ga saki

基本句型

14. ~から来ました。

CD1-26

從　　來。

名詞＋から来ました。
kara kimasita

台湾から来ました。　　　　　從台灣來。

taiwan kara kimashita

アメリカから来ました。　　　從美國來。

amerika kara kimashita

替換看看

中國 中国 chuugoku		英國 イギリス igirisu	
法國 フランス furansu		印度 インド indo	
越南 ベトナム betonamu		德國 ドイツ doitsu	
義大利 イタリア itaria		加拿大 カナダ kanada	

15. ~ましょう。

CD1-27

來 ___ 吧！

名詞 ＋ましょう。
mashoo

ゲームをしましょう。
geemu o shimashoo

來打電動吧！

映画を見ましょう。
えい が み
eega o mimashoo

來看電影吧！

替換看看

下象棋 将 棋をし しょう ぎ shoogi o shi	打撲克牌 トランプをし toranpu o shi
打網球 テニスをし tenisu o shi	去買東西 買い物に行き か もの い kaimono ni iki
唱歌 歌を歌い うた うた uta o utai	跑到公園 公園まで走り こうえん はし kooen made hashiri

40

16. ~をください。

給我 ⬚ 。

名詞 ＋をください。
o kudasai

ビーフをください。
biifu o kudasai

請給我牛肉。

これをください。
kore o kudasai

給我這個。

替換看看

地圖 ちず 地図 chizu		雜誌 ざっし 雑誌 zasshi	
雨傘 かさ 傘 kasa		毛衣 セーター seetaa	
咖啡 コーヒー koohii		葡萄酒 ワイン wain	
壽司 すし 寿司 shushi		拉麺 ラーメン raamen	

17. 〜ください。

給我 　　　 。

数量 ＋ください。
kudasai

<ruby>一<rt>ひと</rt></ruby>つください。
hitotsu kudasai

給我一個。

<ruby>一<rt>ひと</rt></ruby><ruby>山<rt>やま</rt></ruby>ください。
hitoyama kudasai

給我一堆。

替換看看

一支 いっぽん 一本 ippon	兩張 に まい 二枚 nimai
三本 さんさつ 三冊 sansatsu	一個 いっ こ 一個 ikko
一人份 いちにんまえ 一人前 ichininmae	一箱 ひとはこ 一箱 hitohako
一袋 ひと ふくろ 一 袋 hitofukuro	一盒 ワンパック wanpakku

42

基本句型

18. ~を~ください。

給我 ___ 。
CD1-30

名詞 + を + 数量 + ください。
　　　o　　　　　　kudasai

ピザを一つください。
piza o hitotsu kudasai

給我一個披薩。

切符を 2枚ください。
kippu o nimai kudasai

給我兩張車票。

替換看看

一杯　啤酒	兩個　水餃
ビール／一杯	ギョーザ／ふたつ
biiru ippai	gyooza futatsu
兩條　毛巾	兩人份　生魚片
タオル／二枚	刺身／二人前
taoru nimai	sashimi nininmae
一串　香蕉	一條　香煙
バナナ／一房	タバコ／ワンカートン
banana hitofusa	tabako wankaaton

43

19. ～ください。

請 ⬜ 。

動詞＋ください。
kudasai

<ruby>見<rt>み</rt></ruby>せてください。
misete kudasai

請給我看一下。

<ruby>教<rt>おし</rt></ruby>えてください。
oshiete kudasai

請告訴我。

替換看看

<ruby>待<rt>ま</rt></ruby>って matte	<ruby>呼<rt>よ</rt></ruby>んで yonde
<ruby>飲<rt>の</rt></ruby>んで nonde	<ruby>書<rt>か</rt></ruby>いて kaite
<ruby>通<rt>とお</rt></ruby>して tooshite	<ruby>開<rt>あ</rt></ruby>けて akete
<ruby>見<rt>み</rt></ruby>せて misete	<ruby>言<rt>い</rt></ruby>って itte

20. ~を~ください。

請 ___ 。

CD1-32

名詞 + を(で…) + 動詞 + ください。
o (de) kudasai

部屋を変えてください。
heya o kaete kudasai

請換房間。

警察を呼んでください。
keesatsu o yonde kudasai

請叫警察。

替換看看

部屋を/掃除して heya o soojishite	これを/説明して kore o setsumeeshite
コートを/脱いで kooto o nuide	右に/曲がって migi ni magatte
漢字で/書いて kanji de kaite	そこで/止まって soko de tomatte

21. ~ください。

請　　　　。

形容詞＋動詞＋ください。
kudasai

<ruby>早<rt>はや</rt></ruby>く<ruby>起<rt>お</rt></ruby>きてください。

請趕快起床。

hayaku okite kudasai

きれいに<ruby>掃除<rt>そう じ</rt></ruby>してください。

請打掃乾淨。

kiree ni soojishite kudasai

替換看看		
簡單　說明 やさしく／<ruby>説明<rt>せつめい</rt></ruby>して yasashiku setsumeeshite	切　小塊 <ruby>小<rt>ちい</rt></ruby>さく／<ruby>切<rt>き</rt></ruby>って chiisaku kitte	
縮短　長度 <ruby>短<rt>みじか</rt></ruby>く／つめて mijikaku tsumete	賣　便宜 <ruby>安<rt>やす</rt></ruby>く／<ruby>売<rt>う</rt></ruby>って yasuku utte	
當一位　偉大的人 <ruby>立派<rt>りっぱ</rt></ruby>に／なって rippa ni natte	安靜　走路 <ruby>静<rt>しず</rt></ruby>かに／<ruby>歩<rt>ある</rt></ruby>いて shizuka ni aruite	

46

基本句型

22. ～してください。

CD1-34

請（弄）　　　。

形容詞 +してください。
shite kudasai

安^{やす}くしてください。
yasuku shite kudasai

請算便宜一點。

早^{はや}くしてください。
hayaku shite kudasai

請快一點。

替換看看

亮 明^{あか}るく akaruku	大 大^{おお}きく ookiku
暖 暖^{あたた}かく atatakaku	短 短^{みじか}く mijikaku
可愛 かわいく kawaiku	涼 涼^{すず}しく suzushiku
乾淨 きれいに kiree ni	安靜 静^{しず}かに shizuka ni

47

23. ～いくらですか。

　　　　多少錢？

名詞＋いくらですか。
ikura desuka

これ、いくらですか。
kore, ikura desuka

這個多少錢？

大人、いくらですか。
おとな
otona, ikura desuka

大人要多少錢？

替換看看

帽子		絲巾	
帽子 ぼうし booshi		スカーフ sukaafu	
唱片		領帶	
レコード rekoodo		ネクタイ nekutai	
耳環		戒指	
イヤリング iyaringu		指輪 ゆびわ yubiwa	
太陽眼鏡		比基尼	
サングラス sangurasu		ビキニ bikini	

48

24. ～いくらですか。

CD1-36

　　多少錢？

<u>数量</u>＋いくらですか。
ikura desuka

一つ、いくらですか。
hitotsu, ikura desuka

一個多少錢？

一時間、いくらですか。
ichijikan, ikura desuka

一個小時多少錢？

替換看看

一着 icchaku	一匹 ippiki
一袋 hitofukuro	一台 ichidai
一束 hitotaba	一足 issoku
ワンセット wansetto	ワンパック wanpakku

25. ～いくらですか。

CD1-37

多少錢？

名詞＋数量＋いくらですか。
ikura desuka

これ、一ついくらですか。
kore, hitotsu ikura desuka

這個一個多少錢？

刺身、一人前いくらですか。
sashimi, ichininmae ikura desuka

生魚片一人份多少錢？

替換看看			
鞋　一雙 くつ／一足 kutsu issoku		蛋　一盒 たまご／ワンパック tamago wanpakku	
手套　一雙 手袋／一組 tebukuro hitokumi		(洋)蔥　一把 ねぎ／一束 negi hitotaba	
狗　一隻 犬／一匹 inu ippiki		相機　一台 カメラ／一台 kamera ichidai	

基本句型

26. ~はありますか。

有　　　　嗎？

名詞＋はありますか。
wa arimasuka

新聞はありますか。　　　有報紙嗎？

shinbun wa arimasuka

席はありますか。　　　有位子嗎？

seki wa arimasuka

替換看看			
電視 テレビ terebi		冰箱 冷蔵庫 reezooko	
傳真 ファックス fakkusu		健身房 ジム jimu	
保險箱 金庫 kinko		游泳池 プール puuru	
熨斗 アイロン airon		衛星節目 衛星放送 eeseehoosoo	

27. ～はありますか。

有 ___ 嗎？

CD1-39

場所＋はありますか。
wa arimasuka

郵便局はありますか。
yuubinkyoku wa arimasuka

有郵局嗎？

銭湯はありますか。
sentoo wa arimasuka

有大眾澡堂嗎？

替換看看			
電影院 映画館 eegakan		公園 公園 kooen	
庭園 庭園 teeen		美術館 美術館 bijutsukan	
滑雪場 スキー場 sukiijoo		飯店 ホテル hoteru	
民宿 民宿 minshuku		旅館 旅館 ryokan	

52

28. ～はありますか。

有 ___ 嗎？

CD1-40

形容詞＋名詞＋はありますか。
wa arimasuka

安い席はありますか。

yasui seki wa arimasuka

有便宜的位子嗎？

赤いスカートはありますか。

akai sukaato wa arimasuka

有紅色的裙子嗎？

替換看看

大的 房間
大きい／部屋
ookii heya

便宜的 旅館
安い／旅館
yasui ryokan

古老的 神社
古い／神社
furui jinja

黑色的 高跟鞋
黒い／ハイヒール
kuroi haihiiru

白色的 連身裙
白い／ワンピース
shiroi wanpiisu

可愛的 內衣
かわいい／下着
kawaii shitagi

29. ~はどこですか。

　　　　在哪裡？

場所＋はどこですか。
....
wa doko desuka

トイレはどこですか。　　　　廁所在哪裡？

toire wa doko desuka

コンビニはどこですか。　　　便利商店在哪裡？

konbini wa doko desuka

替換看看		
百貨公司 デパート depaato		超市 スーパー suupaa
水族館 すいぞくかん 水族館 suizokukan		名産店 みやげものや 土産物屋 miyagemonoya
棒球場 やきゅうじょう 野球場 yakyuujoo		劇場 げきじょう 劇場 gekijoo
遊樂園 ゆうえんち 遊園地 yuuenchi		美容院 びよういん 美容院 biyooin

54

30. ~をお願いします。

CD1-42

麻煩你我要 ____。

名詞＋をお願いします。

o onegai shimasu

荷物をお願いします。　　麻煩給我行李。

nimotsu o onegai shimasu

お勘定をお願いします。　　麻煩結帳。

okanjoo o onegai shimasu

替換看看			
洗衣 **洗濯物** sentakumono		點菜 **注文** chuumon	
兌幣 **両替** ryoogae		客房服務 **ルームサービス** ruumusaabisu	
住宿登記 **チェックイン** chekkuin		收據 **領収書** ryooshuusho	
一張 **一枚** ichimai		預約 **予約** yoyaku	

31. ~でお願いします。

麻煩你我要 ⬚ 。

名詞＋でお願いします。
de onegai shimasu

航空便でお願いします。
kookuubin de onegai shimasu

麻煩我要空運。

カードでお願いします。
kaado de onegai shimasu

麻煩你我要用信用卡付款。

替換看看			
海運 ふなびん 船便 funabin		限時信件 そくたつ 速達 sokutatsu	
掛號 かきとめ 書留 kakitome		包裹 こ づつみ 小包 kozutsumi	
一次付清 いっかつ 一括 ikkatsu		分開計算 べつべつ 別々 betsubetsu	
飯前 しょくぜん 食前 shokuzen		飯後 しょくご 食後 shokugo	

基本句型

32. ~までお願いします。

麻煩載我到 ___。

場所 ＋までお願いします。
made onegai shimasu

駅までお願いします。

eki made onegai shimasu

麻煩載我到車站。

ホテルまでお願いします。

hoteru made onegai shimasu

請麻煩載我到飯店。

替換看看

郵局 郵便局 yuubinkyoku		銀行 銀行 ginkoo	
區公所 区役所 kuyakusho		公園 公園 kooen	
圖書館 図書館 toshokan		電影院 映画館 eegakan	
百貨公司 デパート depaato		這裡 ここ koko	

33. ~お願いします。

請給我 ＿＿＿ 。

名詞＋数量＋お願いします。

onegai shimasu

大人一枚お願いします。

otona ichimai onegai shimasu

請給我成人票一張。

ビール一本お願いします。

biiru ippon onegai shimasu

請給我一瓶啤酒。

替換看看

兩朵 玫瑰 バラ／二本 bara nihon		三本 筆記本 ノート／三冊 nooto sansatsu	
兩條 魚 魚／二匹 sakana nihiki		一件 襯衫 シャツ／一枚 shatsu ichimai	
一套 套裝 スーツ／一着 suutsu icchaku		一台 相機 カメラ／一台 kamera ichidai	

34. ~はどうですか。

CD1-46

____ 如何？

名詞 +はどうですか。
wa doo desuka

焼肉はどうですか。
yakiniku wa doo desuka

烤肉如何？

旅行はどうですか。
ryokoo wa doo desuka

旅行怎麼樣？

替換看看			
領帶　ネクタイ　nekutai		電車　でんしゃ　電車　densha	
計程車　タクシー　takushii		夏威夷　ハワイ　hawai	
壽司　すし　寿司　sushi		關東煮　おでん　oden	
星期天　にちようび　日曜日　nichiyoobi		天氣　てんき　天気　tenki	

59

35. ~の~はどうですか。

CD1-47

的　　　如何？

時間＋の＋**名詞**＋はどうですか。
no　　　　　wa doo desuka

今年の運勢はどうですか。

kotoshi no unsee wa doo desuka

今年的運勢如何？

昨日の試験はどうですか。

kinoo no shiken wa doo desuka

昨天的考試如何？

替換看看

今天　天気
今日／天気
kyoo tenki

昨天　音楽館
昨日／音楽会
kinoo ongakukai

星期天　考試
日曜日／試験
nichiyoobi shiken

昨晩　菜
昨晩／料理
sakuban ryoori

上個月　旅行
先月／旅行
sengetsu ryokoo

星期六　比賽
土曜日／試合
doyoobi shiai

36. ~がいいです。

我要　　　　。

CD1-48

名詞 + がいいです。
ga ii desu

コーヒーがいいです。
koohii ga ii desu

我要咖啡。

てんぷらがいいです。
tenpura ga ii desu

我要天婦羅。

替換看看		（聽話者附近的）	
これ kore		それ sore	
（兩者範圍以外的） あれ are		トマト tomato	
スイカ suika		ラーメン raamen	
うどん udon		ジュース juusu	

37. ～がいいです。

我要 ＿＿＿ 。

形容詞＋がいいです。
ga ii desu

<ruby>大<rt>おお</rt></ruby>きいのがいいです。
ookii noga ii desu

我要大的。

<ruby>安<rt>やす</rt></ruby>いのがいいです。
yasui noga ii desu

我要便宜的。

替換看看			
小的 <ruby>小<rt>ちい</rt></ruby>さいの chiisai no		藍的 <ruby>青<rt>あお</rt></ruby>いの aoi no	
黑的 <ruby>黒<rt>くろ</rt></ruby>いの kuroi no		短的 <ruby>短<rt>みじか</rt></ruby>いの mijikai no	
冰的 <ruby>冷<rt>つめ</rt></ruby>たいの tsumetai no		耐用的 <ruby>丈<rt>じょう</rt></ruby><ruby>夫<rt>ぶ</rt></ruby>なの joobu nano	
普通的 <ruby>普通<rt>ふつう</rt></ruby>なの futuu nano		熱鬧的 <ruby>賑<rt>にぎ</rt></ruby>やかなの nigiyaka nano	

38. ～もいいですか。

可以 ⬚⬚⬚ 嗎？

動詞＋もいいですか。
mo ii desuka

CD1-50

飲んでもいいですか。
nondemo ii desuka

可以喝嗎？

試着してもいいですか。
shichaku shitemo ii desuka

可以試穿嗎？

替換看看

吃 食べて tabete		坐 座って suwatte	
摸 触って sawatte		聽（問） きいて kiite	
看 見て mite		休息 休んで yasunde	
唱 歌って utatte		用 使って tsukatte	

39. ～もいいですか。

可以 [　　] 嗎？

名詞（を…）＋**動詞**＋もいいですか。
　　　o　　　　　　　mo ii desuka

タバコを吸ってもいいですか。　　可以抽煙嗎？

tabako o suttemo ii desuka

ここに座ってもいいですか。　　可以坐這裡嗎？

koko ni suwattemo ii desuka

替換看看

照相 写真_{しゃしん}を／撮_とって shashin o totte	唱歌 歌_{うた}を／歌_{うた}って uta o utatte
彈鋼琴 ピアノを／弾_ひいて piano o hiite	寫 在這裡 ここに／書_かいて koko ni kaite
喝 啤酒 ビールを／飲_のんで biiru o nonde	脫 鞋子 靴_{くつ}を／脱_ぬいで kutsu o nuide

64

40. ~たいです。

我想 ⬚ 。

動詞 + **たいです。**
tai desu

食べたいです。
tabetai desu

我想吃。

ききたいです。
kikitai desu

我想聽。

替換看看

玩 あそ 遊び asobi		走路 ある 歩き aruki	
游泳 およ 泳ぎ oyogi		買 か 買い kai	
回家 かえ 帰り kaeri		飛 と 飛び tobi	
說 はな 話し hanashi		搭乘 の 乗り nori	

41. ～たいです。

CD1-53

我想到 ⬚ 。

場所 ＋まで、行きたいです。
made, ikitai desu

渋谷駅まで行きたいです。 想到澀谷車站。

shibuyaeki made ikitai desu

成田空港まで行きたいです。 想到成田機場。

naritakuukoo made ikitai desu

替換看看

新宿 しんじゅく **新宿** shinjuku		原宿 はらじゅく **原宿** harajuku	
青山 あおやま **青山** aoyama		恵比壽 え び す **恵比寿** ebisu	
池袋 いけぶくろ **池袋** ikebukuro		横濱 よこはま **横浜** yokohama	
鎌倉 かまくら **鎌倉** kamakura		伊豆 い ず **伊豆** izu	

基本句型

42. ~たいです。

CD1-54

想　　　。

名詞(を…)＋動詞＋たいです。
　　　o　　　　　　　　tai desu

温泉に入りたいです。

onsen ni hairi tai desu

想泡溫泉。

部屋を予約したいです。

heya o yoyaku shitai desu

想預約房間。

替換看看

看　電影 映画を／見 eega o mi	打　高爾夫球 ゴルフを／し gorufu o shi
看　煙火 花火を／見 hanabi o mi	吃　料理 料理を／食べ ryoori o tabe
聽　演唱會 コンサートに／行き konsaato ni iki	去唱　卡拉OK カラオケに／行き karaoke ni iki

67

43. ~を探しています。

CD1-55

我要找 ____ 。

名詞＋を探しています。
o sagashite imasu

スカートを探しています。　　　我要找裙子。
sukaato o sagashite imasu

傘を探しています。　　　我要找雨傘。
kasa o sagashite imasu

替換看看			
褲子 ズボン zubon		休閒鞋 スニーカー suniikaa	
手帕 ハンカチ hankachi		洗髮精 シャンプー shanpuu	
領帶 ネクタイ nekutai		唱片 レコード rekoodo	
皮帶 ベルト beruto		圍巾 マフラー mafuraa	

44. ~がほしいです。

我要 ___ 。

CD1-56

名詞＋がほしいです。
ga hoshii desu

靴^{くつ}がほしいです。　　　想要鞋子。
kutsu ga hoshii desu

香水^{こうすい}がほしいです。　　　想要香水。
koosui ga hoshii desu

替換看看

録音帶 テープ teepu		録影機 ビデオカメラ bideokamera	
底片 フィルム fuirumu		收音機 ラジオ rajio	
襪子 靴下^{くつした} kutsushita		手帕 ハンカチ hankachi	
字典 辞書^{じしょ} jisho		筆記本 ノート nooto	

69

45. ~が上手です。

很會 ⬜ 。

名詞＋が上手です。
ga joozu desu

歌が上手です。
uta ga joozu desu

很會唱歌。

テニスが上手です。
tenisu ga joozu desu

很會打網球。

替換看看			
煮菜 料理 ryoori		游泳 水泳 suiee	
打籃球 バスケットボール basukettobooru		打棒球 野球 yakyuu	
打桌球 ピンポン pinpon		講英語 英語 eego	
講日語 日本語 nihongo		講中文 中国語 chuugokugo	

46. ～すぎます。

CD1-58

太□。

形容詞＋すぎます。
sugimasu

<ruby>高<rt>たか</rt></ruby>すぎます。
taka sugimasu

太貴。

<ruby>大<rt>おお</rt></ruby>きすぎます。
ooki sugimasu

太大。

替換看看

<ruby>低<rt>ひく</rt></ruby> hiku		小<ruby>さ<rt>ちい</rt></ruby> chiisa	
<ruby>快<rt>はや</rt></ruby> 速 haya		<ruby>難<rt>むずか</rt></ruby>し muzukashi	
<ruby>重<rt>おも</rt></ruby> 重 omo		<ruby>輕<rt>かる</rt></ruby> 軽 karu	
<ruby>厚<rt>あつ</rt></ruby> 厚 atsu		<ruby>薄<rt>うす</rt></ruby> 薄 usu	

47. ~が好きです。

喜歡 　　　　。

名詞＋が好きです。
ga suki desu

マンガが好きです。
manga ga suki desu

喜歡漫畫。

ゲームが好きです。
geemu ga suki desu

喜歡電玩。

替換看看			
網球 テニス tenisu		棒球 野球 yakyuu	
足球 サッカー sakkaa		釣魚 つり tsuri	
高爾夫 ゴルフ gorufu		兜風 ドライブ doraibu	
爬山 登山 tozan		游泳 水泳 suiee	

基本句型

48. ~に興味があります。

CD1-60

對 ___ 有興趣。

名詞+に興味があります。

ni kyoomi ga arimasu

音楽に興味があります。　　　對音樂有興趣。

ongaku ni kyoomi ga arimasu

マンガに興味があります。　　　對漫畫有興趣。

manga ni kyoomi ga arimasu

替換看看

歴史 れきし **歴史** rekishi		政治 せいじ **政治** seeji	
經濟 けいざい **経済** keezai		小說 しょうせつ **小説** shoosetsu	
電影 えいが **映画** eega		藝術 けいじゅつ **芸術** geejutsu	
花道 かどう **華道** kadoo		茶道 さどう **茶道** sadoo	

49. ～で～があります。

在 ☐ 有 ☐ 。

場所＋で＋**慶典**＋があります。
de　　　　ga arimasu

<ruby>浅草<rt>あさくさ</rt></ruby>で<ruby>お祭<rt>まつり</rt></ruby>があります。

asakusa de omatsuri ga arimasu

淺草有慶典。

<ruby>札幌<rt>さっぽろ</rt></ruby>で<ruby>雪祭<rt>ゆきまつ</rt></ruby>りがあります。

sapporo de yukimatsuri ga arimasu

札幌有雪祭。

替換看看

秋田 竿燈祭 <ruby>秋田<rt>あきた</rt></ruby>／<ruby>竿灯<rt>かんとう</rt></ruby><ruby>祭<rt>まつり</rt></ruby> akita kantoomatsuri	青森 驅魔祭 <ruby>青森<rt>あおもり</rt></ruby>／ねぶた<ruby>祭<rt>まつり</rt></ruby> aomori nebuta
仙台 七夕祭 <ruby>仙台<rt>せんだい</rt></ruby> <ruby>七夕<rt>たなばた</rt></ruby><ruby>祭<rt>まつり</rt></ruby> sendai tanabatamatsuri	東京 三社祭 <ruby>東京<rt>とうきょう</rt></ruby>／<ruby>三社<rt>さんじゃ</rt></ruby><ruby>祭<rt>まつり</rt></ruby> tookyoo sanjamatsuri
徳島 阿波舞祭 <ruby>徳島<rt>とくしま</rt></ruby>／<ruby>阿波踊<rt>あ わ おど</rt></ruby>り tokushima awaodori	京都 祇園祭 <ruby>京都<rt>きょうと</rt></ruby>／<ruby>祇園<rt>ぎ おん</rt></ruby><ruby>祭<rt>まつり</rt></ruby> kyooto gionmatsuri

50. ~が痛いです。

| 痛。

身體＋が痛いです。
ga itai desu

頭が痛いです。

atama ga itai desu

頭痛。

足が痛いです。

ashi ga itai desu

腳痛。

替換看看

肚子		腰	
おなか onaka		腰 こし koshi	
膝蓋		牙齒	
ひざ hiza		歯 は ha	
胸		背部	
むね mune		背中 せなか senaka	
手		手腕	
手 て te		腕 うで ude	

75

51. ~をなくしました。

我把 ___ 弄丟了。

物+をなくしました。
o nakushimashima

財布をなくしました。
saifu o nakushimashita

我把錢包弄丟了。

カメラをなくしました。
kamera o nakushimashita

我把相機弄丟了。

替換看看	
票 チケット chiketto	機票 航空券 kookuuken
戒指 指輪 yubiwa	卡片 カード kaado
護照 パスポート pasupooto	眼鏡 めがね megane
外套 コート kooto	手錶 腕時計 udedokee

基本句型

52. ~に~を忘れました。

```
　　　　　忘在　　　　了。
```

CD1-64

場所 + に + 物 + を忘れました。
　　　ni　　　　o wasuremashita

バスにかばんを忘れました。

basu ni kaban o wasuremashita

包包忘在巴士上了。

部屋に鍵を忘れました。

heya ni kagi o wasuremashita

鑰匙忘在房間裡了。

替換看看	
傘　計程車 タクシー／傘 takushii kasa	報紙　電車 電車／新聞 densha sinbun
票　桌上 テーブルの上／切符 teeburu no ue kippu	手錶　浴室 バスルーム／腕時計 basuruumu udedokee

77

53. ～を盗まれました。

CD1-65

　　　　被偸了。

物＋を盗まれました。
o nusumaremashita

かばんを盗まれました。
kaban o nusumaremashita

包包被偸了。

現金を盗まれました。
genkin o nusumaremashita

錢被偸了。

替換看看			
錢包 財布 saifu		照相機 カメラ kamera	
手錶 腕時計 udedokee		信用卡 カード kaado	
護照 パスポート pasupooto		機票 航空券 kookuuken	
駕照（執照） 免許証 menkyoshoo		筆記型電腦 ノートパソコン nootopasokon	

78

基本句型

54. ～と<ruby>思<rt>おも</rt></ruby>っています。

我想　　　　。

句＋と<ruby>思<rt>おも</rt></ruby>っています。
to omottte imasu

<ruby>日本<rt>に ほん</rt></ruby>に<ruby>行<rt>い</rt></ruby>きたいと<ruby>思<rt>おも</rt></ruby>っています。　我想去日本。
nihon ni ikitai to omottte imasu

あの<ruby>人<rt>ひと</rt></ruby>が<ruby>犯人<rt>はんにん</rt></ruby>だと<ruby>思<rt>おも</rt></ruby>っています。　我想那個人是犯人。
ano hito ga hanninda to omottte imasu

替換看看

想當老師 <ruby>先生<rt>せんせい</rt></ruby>になりたい sensee ni naritai		想住在郊外 <ruby>郊外<rt>こうがい</rt></ruby>に<ruby>住<rt>す</rt></ruby>みたい koogai ni sumitai	
想到國外旅行 <ruby>海外旅行<rt>かいがいりょこう</rt></ruby>したい kaigairyokooshitai		她不會結婚 <ruby>彼女<rt>かのじょ</rt></ruby>は<ruby>結婚<rt>けっこん</rt></ruby>しない kanojo wa kekkonshinai	
他是對的 <ruby>彼<rt>かれ</rt></ruby>は<ruby>正<rt>ただ</rt></ruby>しい kare wa tadashii		幸好有去旅行 <ruby>旅行<rt>りょこう</rt></ruby>してよかった ryokooshite yokatta	

1.我姓李。

CD2-1

我姓 ___ 。

姓 ＋です。
　　　 desu

替換看看

李 リー **李** rii		金 **キム** kimu	
鈴木 すず き **鈴木** suzuki		田中 た なか **田中** tanaka	

はじめまして、楊と申します。 　初次見面，我姓楊。
ヨウ　　　もう

hajimemashite , yoo to mooshimasu

よろしくお願いします。 　　　請多指教。
　　　　　ねが

yoroshiku onegai shimasu

こちらこそ、よろしく。 　　　我才是，請多指教。

kochirakoso, yoroshiku

80

說說自己

2. 我從台灣來的。

`CD2-2`

我從 ____ 來。

国名＋から来ました。
kara kimashita

替換看看

台灣	英國
台湾 taiwan	イギリス igirisu
中國	美國
中国 chuugoku	アメリカ amerika

お国はどちらですか。
okuni wa dochira desuka

您是哪國人？

私は台湾人です。
watashi wa taiwanjin desu

我是台灣人。

私は日本大学出身です。
watashi wa nihondaigaku shusshin desu

我畢業於日本大學。

81

3. 我是粉領族。

CD2-3

我是 ___ 。

職業 ＋です。
desu

替換看看

學生 がくせい 学生 gakusee	醫生 いしゃ 医者 isha
粉領族 オーエル ＯＬ ooeru	工程師 エンジニア enjinia

お仕事は何ですか。
しごと　なん
oshigoto wa nan desuka

您從事哪一種工作？

日本語 教 師です。
にほんご　きょうし
nihongo kyooshi desu

我是日語老師。

貿易会社で働いています。
ぼうえきがいしゃ　はたら
booekigaisha de hataraite imasu

我在貿易公司工作。

2 介紹家人

1. 這是我弟弟。

這是 ____ 。

これは＋ 名詞 ＋です。
kore wa　　　　　　desu

替換看看

弟弟 おとうと 弟 otooto	哥哥 あに 兄 ani
姊姊 あね 姉 ane	妹妹 いもうと 妹 imooto

この人は誰ですか？
かのひと　だれ
kono hito wa dare desuka

這個人是誰？

弟が一人います。
おとうと　ひとり
otooto ga hitori imasu

我有一個弟弟。

弟は私より二歳下です。
おとうと　わたし　に さいした
otooto wa watashi yori nisai shita desu

弟弟比我小兩歲。

2.哥哥是行銷員。

☐☐☐ 公司。

名詞＋の会社です。
no kaisha desu

替換看看

汽車 **車** kuruma	電腦 **コンピューター** konpyuutaa
鞋子 **靴** kutsu	藥品 **薬** kusuri

兄はセールスマンです。
ani wa seerusuman desu

哥哥是行銷員。

お兄さんの会社はどちらですか。
oniisan no kaisha wa dochira desuka

您哥哥在哪一家公司上班？

ＡＢＣ自動車です。
eebiishii jidoosya desu

ABC汽車。

說說自己

3. 我姊姊很活潑

CD2-6

我姊姊 ＿＿＿＿。

姉は＋形容詞＋です。
ane wa　　　　desu

替換看看

明るい akarui	やさしい yasashii
少し短気 sukoshi tanki	頑固 ganko

姉はけちではありません。
ane wa kechi dewa arimasen

姊姊不小氣。

姉は友だちが多いです。
ane wa tomodachi ga ooi desu

姊姊朋友很多。

姉は彼氏がいません。
ane wa kareshi ga imasen

姊姊沒有男朋友。

85

❸ 談天氣

1. 今天真暖和

CD2-7

今天很 ☐ 。

今日は＋ 形容詞 ＋ですね。
きょう

kyoo wa　　　　　desune

替換看看

熱 **暑い** あつ atsui		冷 **寒い** さむ samui	
溫暖 **暖かい** あたた atatakai		涼爽 **涼しい** すず suzusii	

今日はいい天気ですね。
きょう　　　　てん　き

kyoo wa ii tenki desune

今天是好天氣。

雨が降っています。
あめ　　ふ

ame ga futte imasu

正在下雨。

朝は晴れていました。
あさ　は

asa wa harete imashita

早上是晴天。

說說自己

2. 東京天氣如何？

CD2-8

東京的 [　　] 如何？

とうきょう
東京の＋四季＋はどうですか。

tookyoo no　　　　wa doo desuka

替換看看

春天		夏天	
はる		なつ	
春		**夏**	
haru		natsu	

秋天		冬天	
あき		ふゆ	
秋		**冬**	
aki		fuyu	

とう きょう　なつ　あつ
東京の夏は暑いです。
tookyoo no natsu wa atsui desu

東京夏天很熱。

ふゆ　さむ
でも、冬は寒いです。
demo, fuyu wa samui desu

但是冬天很冷。

くに
あなたの国はどうですか。
anata no kuni wa doo desuka

你的國家怎麼樣？

3. 明天會下雨吧！

CD2-9

明天會（是） ⬜ 吧！

明日は＋**名詞**＋でしょう。
あした
ashita wa　　　　deshoo

替換看看

雨天 あめ **雨** ame	晴天 は **晴れ** hare
陰天 くも **曇り** kumori	下雪 ゆき **雪** yuki

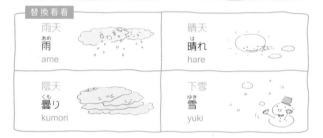

明日は雨でしょう。
あした　あめ
ashita wa ame deshoo

明天下雨吧！

明日は一日中暖かいでしょう。
あした　いちにちじゅうあたた
ashita wa ichinichijuu atatakai deshoo

明天一整天都很溫暖吧！

今晩の天気はどうでしょう。
こんばん　てんき
konban no tenki wa doo deshoo

今晚天氣不知道怎麼樣？

4.東京八月天氣如何？

CD2-10

┌─────────────────────┐
│ ⬜ 的 ⬜ 如何？ │
└─────────────────────┘

地名＋の＋月＋はどうですか。
no　　　wa doo desuka

替換看看

東京 8月	紐約 9月
とうきょう はちがつ 東京／8月 tookyoo hachigatsu	ニューヨーク／9月 nyuuyooku kugatsu
台北 12月	北京 9月
タイペイ じゅうにがつ 台北／12月 taipee juunigatsu	ペキン くがつ 北京／9月 pekin kugatsu

7月到8月呢？

しちがつ　　はちがつ
Q：7月から8月までは。
shichigatsu kara hachigatsu madewa

┌─────────────────────┐
│ 很 ⬜ 。 │
└─────────────────────┘

A：形容詞＋です。
desu

替換看看

熱	涼爽
あつ 暑い atsui	すず 涼しい suzusii

89

1.吃早餐

吃 ___ 。

食物 ＋を食べます。

o tabemasu

替換看看

麵包 パン pan		飯 ご飯 gohan	
粥 お粥 okayu		豆沙包 お饅頭 omanjuu	

朝ご飯は家で食べます。

asagohan wa ie de tabemasu

早餐在家吃。

パンとサラダを食べました。

pan to sarada o tabemashita

吃了麵包和沙拉。

朝ご飯は食べません。

asagohan wa tabemasen

不吃早餐。

2.喝飲料

喝◯◯。
飲料＋を飲みます。
o nomimasu

替換看看

牛奶 牛乳 gyuunyuu		果汁 ジュース juusu	
可樂 コーラ koora		啤酒 ビール biiru	

お酒が好きです。
osake ga suki desu

喜歡喝酒。

よくワインを飲みます。
yoku wain o nomimasu

常喝葡萄酒。

友達と一緒にビールを飲みます。
tomodachi to issho ni biiru o nomimasu

和朋友一起喝啤酒。

91

3. 做運動

做 ☐ 嗎？

運動＋をしますか。
o shimasuka

替換看看	
網球 テニス tenisu	游泳 水泳（すいえい） suiee
高爾夫 ゴルフ gorufu	足球 サッカー sakkaa

週二回（しゅう にかい）スポーツをします。　一星期做兩次運動。

shuu nikai supootsu o shimasu

時々（ときどき）ボーリングをします。　有時打保齡球。

tokidoki booringu o shimasu

よく公園（こうえん）を散歩（さんぽ）します。　常去公園散步。

yoku kooen o sanpo shimasu

92

4. 我的假日

你假日做什麼？

Q：休<ruby>み<rt>やす</rt></ruby>の<ruby>日<rt>ひ</rt></ruby>は<ruby>何<rt>なに</rt></ruby>をしますか。

yasumi no hi wa nani o shimasuka

看 □ 。

A：名詞+を<ruby>見<rt>み</rt></ruby>ます。

o mimasu

替換看看

電視	電影	職業棒球	小孩
テレビ	<ruby>映画<rt>えいが</rt></ruby>	プロ<ruby>野球<rt>や きゅう</rt></ruby>	<ruby>子<rt>こ</rt></ruby>ども
terebi	eega	poroyakyuu	kodomo

<ruby>彼氏<rt>かれ し</rt></ruby>とデートします。　　　　和男朋友約會。

kareshi to deeto shimasu

<ruby>友達<rt>とも だち</rt></ruby>とワイワイやります。　　　和朋友說說笑笑。

tomodachi to waiwai yarimasu

カラオケで<ruby>歌<rt>うた</rt></ruby>を<ruby>歌<rt>うた</rt></ruby>います。　　　在卡拉OK唱歌。

karaoke de uta o utaimasu

1. 我喜歡運動

CD2-15

喜歡 ⬚ 。

運動 + が好きです。

ga suki desu

替換看看

打籃球	打排球
バスケットボール	バレーボール
basukettobooru	bareebooru

打高爾夫	釣魚
ゴルフ	釣り
gorufu	tsuri

どんなスポーツが好きですか。

donna supootsu ga suki desuka

你喜歡什麼樣的運動？

よく水泳をします。

yoku suiee o shimasu

常游泳。

スポーツ観戦が好きです。

supootsu kansen ga suki desu

喜歡看運動比賽。

---

2. 我的嗜好

您的興趣是什麼？

Q：ご趣味は何ですか。

goshumi wa nan desuka

　　　　　　。

A：名詞＋動詞＋ことです。

koto desu

替換看看

做菜 料理を／作る ryoori o tsukuru	練字 習字を／する shuuji o suru
看電影 映画を／見る eega o miru	釣魚 釣りを／する tsuri o suru

真是會　　　呀。

專長＋が上手ですね。

ga joozu desune

替換看看

唱歌 歌 uta	游泳 水泳  suiee

95

❻ 談個性

1. 我的出生日

CD2-17

我的生日是 ⬜⬜⬜ 。

私の誕生日は＋**月日**＋です。
watashi no tanjoobi wa　desu

替換看看

1月20號 １月20日 ichigatsu hatsuka	4月24號 4月２４日 shigatsu nijuuyokka
8月8號 ８月8日 hachigatsu yooka	12月10號 １２月10日 juunigatsu tooka

お誕生日はいつですか。

otanjoobi wa itsu desuka

您的生日是什麼時候？

１２月 生まれです。

juunigatsu umare desu

我12月出生。

ねずみ年です。

nezumi-doshi desu

我屬鼠。

96

2. 我的星座

CD2-18

我是 _____ 。

私は＋星座＋です。
わたし

watashi wa　　desu

替換看看

水瓶座	獅子座
水瓶座 みずがめ ざ mizugameza	獅子座 しし ざ shishiza
牡羊座 おひつじ ざ ohitsujiza	金牛座 おうし ざ 牡牛座 oushiza

_____ 是什麼樣的個性？

星座＋はどんな性格ですか。
せいかく

wa donna seekaku desuka

替換看看

雙子座	巨蟹座
双子座 ふた ご ざ futagoza	蟹座 かに ざ kaniza
雙魚座 魚座 うお ざ uoza	處女座 乙女座 おとめ ざ otomeza

CD2-19

3. 從星座看個性

獅子座(の人)は明るいです。
shishiza(nohito)wa akarui desu

獅子座（的人）很活潑。

天秤座は女優が多いです。
tenbinza wa joyuu ga ooi desu

很多天秤座都當女演員。

魚座は芸術的才能があります。
uoza wa geejutsuteki sainoo ga arimasu

雙魚座很有藝術天份。

山羊座はお金に困らないです。
yagiza wa okane ni komaranai desu

魔羯座從不缺錢。

星座から見ると二人は合いますよ。
seeza kara miru to futari wa aimasuyo

從星座來看兩個人很適合喔。

替換看看			
完美主義 完璧主義 kanpekishugi	勤勞 勤勉 kinben	誠實 誠実 seejitsu	悠閒 のんびり nonbiri

7 談夢想

1. 我想當歌手

將來我想當 ____ 。

しょうらい
将来+名詞+になりたいです。
shoorai　　　　　ni naritai desu

替換看看

歌手	醫生
か しゅ 歌手 kashu	い しゃ 医者 isha
老師	護士
せんせい 先生 sensee	かん ご ふ 看護婦 kangofu

しょうらい　なに
将来、何になりたいですか。　　　以後想做什麼？
shoorai, nani ni naritai desuka

どうしてですか。　　　為什麼？
dooshite desuka

うた　す
歌が好きだからです。　　　因為喜歡唱歌。
uta ga sukidakara desu

99

2.現在最想要的

現在最想要什麼？
Q：今、何がほしいですか。
いま なに
ima, nani ga hoshii desuka

想要　　　。
A：名詞＋がほしいです。
ga hoshii desu

替換看看

車	情人	時間	錢
車 くるま	恋人 こいびと	時間 じかん	お金 かね
kuruma	koibito	jikan	okane

なぜ、お金がほしいですか。
かね
naze, okane ga hoshii desuka

為什麼想要錢？

もっと勉強したいからです。
べんきょう
motto benkyoo shitai kara desu

因為想再進修。

旅行したいからです。
りょこう
ryokoo shitai kara desu

因為想旅行。

3. 將來想住的家

CD2-22

將來想住什麼樣的房子？

Q：将来、どんな家に住みたいですか。

shoorai, donna ie ni sumitai desuka

想住在 ⬚ 。

A：名詞＋に住みたいです。

ni sumitaidesu

替換看看			
很大的房子	高級公寓	別墅	透天厝
大きな家	マンション	別荘	一戸建て
ookina ie	manshon	bessoo	ikkodate

想住什麼樣的城鎮？

Q：どんな町に住みたいですか。

donna machi ni sumitai desuka

想住在 ⬚ 城鎮。

A：形容詞＋町に住みたいです。

machi ni sumitai desu

替換看看	
熱鬧的	很多綠地的
にぎやかな	緑の多い
nigiyakana	midori no ooi

1. 在機內

	CD2-23
_____ 在哪裡？	

名詞＋はどこですか。
wa doko desuka

替換看看

我的座位	洗手間
わたし せき	トイレ
私の席	
watashi no seki	toire

に もつ はい
荷物が入りません。
nimotsu ga hairimasen

行李放不進去。

と お
通してください。
tooshite kudasai

請借我過。

せき か
席を替えてほしいです。
seki o kaete hoshii desu

希望能換座位。

せき たお
席を倒してもいいですか。
seki o taoshitemo ii desuka

可以將椅背倒下下嗎？

102

2. 機内服務（一）

請給我 ____ 。

CD2-24

名詞＋をください。
o kudasai

替換看看

牛肉	雞肉
ビーフ	チキン
biifu	chikin
水 お水 （みず） omizu	毛毯 毛布 （もうふ） moofu
枕頭 枕 （まくら） makura	入境卡 入国カード （にゅうこく） nyuukoku kaado

有 ____ 嗎？

名詞＋はありますか。
wa arimasuka

替換看看

日本的報紙 日本の新聞 （にほん）（しんぶん） nihon no shinbun	暈車藥 酔い止め薬 （よ）（ど）（ぐすり） yoidome gusuri

CD2-25

もう一杯ください。
moo ippai kudasai

請再給我一杯。

無料ですか。
muryoo desuka

是免費嗎？

気分が悪いです。
kibun ga warui desu

身體不舒服。

いつ着きますか。
itsu tsukimasuka

什麼時候到達？

あと20分です。
ato nijuppun desu

再20分鐘。

替換看看			
雑誌	耳機	香煙	葡萄酒
雑誌 zasshi	ヘッドホン heddohon	タバコ tabako	ワイン wain

旅遊日語

4.通關（一）

旅行目的為何？

Q：旅行の目的は何ですか。
りょこう　　もくてき　　なん

ryokoo no mokuteki wa nan desuka

CD2-26

是 _____ 。

A：名詞＋です。

desu

替換看看

観光	留学	仕事	会議
かんこう	りゅうがく	しごと	かいぎ
観光	留学	仕事	会議
kankoo	ryuugaku	shigoto	kaigi

職業は何ですか。
しょくぎょう　なん

shokugyoo wa nan desuka

学生です。
がくせい

gakusee desu

サラリーマンです。

sarariiman desu

OLです。
オーエル

ooeru desu

5. 通關（二）

要住在哪裡？

Q：どこに滞在^{たいざい}しますか。

doko ni taizai shimasuka

__。

A：名詞＋です。

desu

替換看看

ABC飯店 エービーシー ＡＢＣホテル eebiishii hoteru		朋友家 友人^{ゆうじん}の家^{いえ} yuujin no ie	

要待幾天？

Q：何日滞在^{なんにちたいざい}しますか。

nannichi taizai shimasuka

__。

A：期間＋です。

desu

替換看看

五天 五日間^{いつかかん} itsukakan	一星期 一週間^{いっしゅうかん} isshuukan	兩星期 二週間^{にしゅうかん} nishuukan	一個月 一ヶ月^{いっかげつ} ikkagetsu

106

6. 通關（三）

請　　　　。

動詞＋ください。
　　　　kudasai

替換看看	
開<ruby>あ</ruby>けて akete	見<ruby>み</ruby>せて misete
待<ruby>ま</ruby>って matte	言<ruby>い</ruby>って itte

這是什麼？

Q: これは何<ruby>なん</ruby>ですか。
　　kore wa nan desuka

　　　　跟　　　　。

A: 名詞＋と＋名詞＋です。
　　　　　　to　　　　　　desu

替換看看	
日常品<ruby>にちじょうひん</ruby>／お土産<ruby>みやげ</ruby> nichijoohin omiyage	洋服<ruby>ようふく</ruby>／タバコ yoofuku tabako

7.出國（買票）

CD2-29

請到 ☐ 。

場所＋までお願いします。
made onegai shimasu

替換看看

台北 タイペイ **台北** taipee		日本 に ほん **日本** nihon	
香港 ホンコン **香港** honkon		北京 ペ キン **北京** pekin	

に ほんこうくう
日本航空のカウンターはどこですか。
nihonkookuu no kauntaa wa doko desuka

日本航空櫃檯
在哪裡？

チェックインします。
chekkuin shimasu

我要辦登機手續。

まどがわ せき
窓側の席はありますか。
madogawa no seki wa arimasuka

有靠窗的座位嗎？

8.換錢

CD2-30

請 ＿＿＿ 。

名詞＋してください。
shite kudasai

替換看看

貨幣 りょう がえ 両 替 ryoogae	簽名 サイン sain

に ほんえん
日本円に。
nihonen ni

換成日圓。

ご まんえん　りょう がえ
5万円に両 替してください。
gomanen ni ryoogaeshite kudasai

請換成五萬日圓。

こ ぜに　ま
小銭も混ぜてください。
kozeni mo mazete kudasai

也請給我一些零錢。

み
パスポートを見せてください。
pasupooto o misete kudasai

請讓我看一下護照。

9.打電話

テレホンカード一枚（いちまい）ください。
terehonkaado ichimai kudasai

給我一張電話卡。

もしもし、台湾（タイワン）の李（リー）です。
moshi moshi, taiwan no rii desu

喂，我是台灣小李。

陽子（ようこ）さんはいらっしゃいますか。
yookosan wa irasshaimasuka

陽子小姐在嗎？

ただいま、日本（にほん）に着（つ）きました。
tadaima, nihon ni tsukimashita

我剛到日本。

では、新宿駅（しんじゅくえき）で会（あ）いましょう。
dewa, shinjukueki de aimashoo

那麼就在新宿車站見面吧。

替換看看			
打電話	留言	外出中	不在家
電話（でんわ）する	メッセージ	外出 中（がいしゅつ ちゅう）	留守（るす）
denwasuru	messeeji	gaishutsuchuu	rusu

110

10.郵局

麻煩寄　　　　。

名詞＋でお願いします。

de onegai shimasu

CD2-32

替換看看

空運	船運
こうくうびん 航空便 kookuubin	ふなびん 船便 funabin
掛號	包裹
かきとめ 書留 kakitome	こ づつみ 小 包 kozutsumi

りょう きん
料 金はいくらですか。

ryookin wa ikura desuka

費用多少？

タイワン　　　　　　ねが
台湾までお願いします。

taiwan made onegai shimasu

麻煩寄到台灣。

じゅうまい
はがきを１０枚ください。

hagaki o juumai kudasai

請給我明信片10張。

111

11. 在機場預約飯店

CD2-33

　　　　　多少錢？

名詞 ＋いくらですか。

ikura desuka

替換看看

一晚 いっぱく 一泊 ippaku	一個人 ひとり 一人 hitori
雙人房(兩張單人床) ツインで tsuin de	雙人房(一張雙人床) ダブルで daburu de

よやく
予約したいです。　　　　　　　　我想預約。
yoyakushitai desu

ちょうしょく
朝食はつきますか。　　　　　　　有附早餐嗎？
chooshoku wa tsukimasuka

ねが
それでお願いします。　　　　　　那樣就可以了。
sorede onegai shimasu

112

12. 坐機場巴士

CD2-34

ＡＢＣホテルへ行きますか。

eebiishii hoteru e ikimasuka

有到ABC飯店嗎？

次のバスは何時ですか。

tsugi no basu wa nanji desuka

下一班巴士幾點？

新宿まで一枚ください。

shinjuku made ichimai kudasai

給我一張到新宿的票。

右側の出口に出てください。

migigawa no deguchi ni dete kudasai

請往右側出口出去。

３番乗り場で乗車してください。

sanban noriba de jooshashite kudasai

請在3號乘車處上車。

替換看看

(車)票	售票處	機場巴士	乘車處
切符	売り場	リムジンバス	乗り場
kippu	uriba	rimujinbasu	noriba

113

1.在櫃臺

麻煩 〇〇〇〇。

名詞＋をお願いします。
o onegai shimasu

> **替換看看**
>
> | 住宿登記
チェックイン
chekkuin | 行李
荷物
nimotsu |
> | --- | --- |

予約してあります。
yoyakushite arimasu

有預約。

予約してありません。
yoyakushite arimasen

沒預約。

チェックアウトは何時ですか。
chekkuauto wa nanji desuka

幾點退房？

カードでお願いします。
kaado de onegai shimasu

麻煩你我要刷卡。

2.住宿中的對話

CD2-36

請　　　　。

名詞＋動詞＋ください。
kudasai

替換看看

更換　房間 部屋を／変えて heya o kaete	借我　熨斗 アイロンを／貸して airon o kashite
搬運　行李 荷物を／運んで nimotsu o hakonde	告訴我　地方 場所を／教えて basho o oshiete

---

部屋を掃除してください。
heya o soojishite kudasai

請打掃房間。

タオルをもう一枚ください。
taoru o moo ichimai kudasai

請再給我一條毛巾。

鍵をなくしました。
kagi o nakushimashita

我用丟鑰匙了。

---

3. 客房服務

100号室です。
hyaku gooshitsu desu

100號客房。

ルームサービスをお願いします。
ruumusaabisu o onegai shimasu

我要客房服務。

ピザを一つください。
piza o hitotsu kudasai

給我一客披薩。

洗濯物をお願いします。
sentakumono o onegai shimasu

我要送洗。

朝6時にモーニングコールをお願いします。
asa rokuji ni mooningukooru o onegai shimasu

早上6點請叫醒我。

替換看看			
床單	枕頭	棉被	衛生紙
シーツ	枕	布団	トイレットペーパー
shiitsu	makura	futon	toirettopeepaa

4.退房

CD2-38

チェックアウトします。
chekkuauto shimasu

我要退房。

これは何^{なん}ですか。
kore wa nan desuka

這是什麼？

ミニバーは利用^{りよう}していません。
minibaa wa riyooshite imasen

沒有使用迷你吧。

領収書^{りょうしゅうしょ}をください。
ryooshuusho o kudasai

請給我收據。

お世話^{せわ}になりました。
osewa ni narimashita

多謝關照。

替換看看

冷蔵庫^{れいぞうこ}	明細^{めいさい}	税金^{ぜいきん}	サービス料^{りょう}
reezooko	meesai	zeekin	saabisuryoo

❸ 用餐

1. 逛商店街

☐☐☐ 多少錢？

名詞＋數量＋いくらですか。
ikura desuka

替換看看

這個　一個	蘋果　一堆
これ／一つ	りんご／一山
kore hitotsu	ringo hitoyama

いらっしゃいませ。
irasshai mase

歡迎光臨。

試食してもいいですか。
shishokushitemo ii desuka

可以試吃嗎？

これをワンパックください。
kore o wanpakku kudasai

請給我一盒這個。

まけてくださいよ。
makete kudasaiyo

算我便宜一點嘛。

118

2. 在速食店

給我 ⬜ 。

`CD2-40`

名詞 ＋ 数量 ＋ ください。
kudasai

替換看看

兩個　漢堡	三杯　可樂
ハンバーガー／二つ hanbaagaa futatsu	コーラ／三つ koora mittsu
一個　蕃茄醬	四包　薯條
ケチャップ／一つ kecchappu hitotsu	フライポテト／四つ furaipoteto yottsu

コーラはＭです。
koora wa emu desu

我可樂要中杯。

ここで食べます。
koko de tabemasu

在這裡吃（內用）。

テックアウトします。
tekkuauto shimasu

外帶。

119

お弁当を温めますか。
obentoo o atatamemasuka

便當要加熱嗎？

温めてください。
atatamete kudasai

幫我加熱。

お箸は要りますか。
ohashi wa irimasuka

需要筷子嗎？

千円からお預かりします。
senen kara oazukari shimasu

收您一千日圓。

2百円のおつりです。
nihyakuen no otsuri desu

找您兩百日圓。

替換看看			
便利商店	收銀台	果汁	袋子
コンビニ	レジ	ジュース	袋
konbini	reji	juusu	fukuro

4.找餐廳

附近有　　　嗎？

CD2-42

近くに＋形容詞＋商店＋はありますか。
chikaku ni　　　　　　　　　　wa arimasuka

替換看看

好吃的　餐廳
おいしい／レストラン
oishii resutoran

便宜的　拉麵店
安い／ラーメン屋
yasui raamenya

不錯的　壽司店
いい／寿司屋
ii sushiya

有趣的　商店
おもしろい／店
omoshiroi mise

値段はどれくらいですか。

nedan wa dorekurai desuka

價錢多少？

おいしいですか。

oishii desuka

好吃嗎？

場所はどこですか。

basho wa doko desuka

地方在哪裡？

---

5. 打電話預約

CD2-43

　　　　　。

時間＋数量＋です。
desu

替換看看

今晚7點　兩人
今晩（こんばんしちじ）７時／二人（ふたり）
konban shichiji futari

明晚8點　四人
明日（あした）の夜（よる）八時（はちじ）／四人（よにん）
ashita no yoru hachiji yonin

李（リー）と申（もう）します。

rii to mooshimasu

我姓李。

コースはいくらですか。

koosu wa ikura desuka

套餐多少錢？

窓側（まどがわ）の席（せき）をお願（ねが）いします。

madogawa no seki o onegai shimasu

請給我靠窗的座位。

地図（ちず）をファックスしてください。

chizu o fakkusu shite kudasai

請傳真地圖給我。

---

6. 進入餐廳

李です。7時に予約してあります。 我姓李。預約7點。

ril desu, shichiji ni yoyakushite arimasu

4人です。 四人。

yonin desu

禁煙席はありますか。 有非吸煙區嗎？

kinenseki wa arimasuka

予約してありません。 沒有預約。

yoyakushite arimasen

どれくらい待ちますか。 要等多久？

dorekurai machimasuka

替換看看

吸煙區	包廂	已客滿	有位子
喫煙席	個室	満員	空く
kitsuenseki	koshitsu	manin	aku

CD2-45

メニューを見せてください。

menyuu o misete kudasai

請給我菜單。

注文をお願いします。
ちゅう もん　　　　ねが

chuumon o onegai shimasu

我要點菜。

お勧め料理は何ですか。
すす　りょう り　　なん

osusumeryoori wa nan desuka

招牌菜是什麼？

我要 ＿＿＿＿ 。

料理＋にします。

ni shimasu

替換看看

天婦羅套餐 **天ぷら定食** てん　　てい しょく tenpura teeshoku	梅花套餐 **梅定食** うめ てい しょく ume teeshoku
A套餐 **Ａコース** エー ee koosu	那個 **それ** sore

124

8.點飲料

CD2-46

飲料呢？

Q: お飲み物は？
onomimono wa

給我　　　　。

A: 飲料 ＋ を ＋ 数量 ＋ ください。
　　　　　o　　　　　　kudasai

替換看看

兩杯 啤酒	一杯 果汁
ビール／二つ biiru futatsu	ジュース／一つ juusu hitotsu
三杯 咖啡	一杯 紅茶
コーヒー／三つ koohii mittsu	紅茶／一つ koocha hitotsu

お飲み物は食前ですか、食後ですか。
onomimono wa shokuzen desuka, shokugo desuka

飲料要飯前還是飯後送？

食後にお願いします。
shokugo ni onegai shimasu

請飯後再上。

9. 進餐後付款

お勘定をお願いします。
okanjoo o onegai shimasu

麻煩結帳。

別々でお願いします。
betsubetsu de onegai shimasu

請分開結帳。

一括でお願いします。
ikkatsu de onegai shimasu

麻煩你我要一次付清。

カードでお願いします。
kaado de onegai shimasu

我要刷卡。

ご馳走様でした。
gochisoosama deshita

謝謝您的招待。

替換看看			
點菜	費用	現金	付錢
注文	費用	現金	払う
chuumon	hiyoo	genkin	harau

4 交通

1. 坐電車

我想到 ＿＿＿＿。

CD2-48

場所＋まで行きたいです。
made ikitai desu

替換看看

渋谷車站 渋谷駅 shibuya eki	原宿車站 原宿駅 harajuku eki

次の電車は何時ですか。
tsugi no densha wa nanji desuka

下一班電車幾點到？

秋葉原駅にとまりますか。
akihabara eki ni tomarimasuka

會停秋葉原車站嗎？

品川駅で乗り換えますか。
shinagawa eki de norikaemasuka

在品川車站換車嗎？

次の駅はどこですか。
tsuginoeki wa doko desuka

下一站是哪裡？

2. 坐公車

CD2-49

バス停はどこですか。
basutee wa doko desuka

公車站在哪裡？

このバスは東京駅へ行きますか。
kono basu wa tookyoo eki e ikimasuka

這台公車有到東京車站嗎？

何番のバスが行きますか。
nanban no basu ga ikimasuka

幾號公車能到？

東京駅はいくつ目ですか。
tookyoo eki wa ikutume desuka

東京車站是第幾站？

着いたら教えてください。
tsuitara oshiete kudasai

到了請告訴我。

替換看看			
路線圖 **路線図** rosenzu	往 **行き** iki	乘車券 **乗車券** jooshaken	門 **ドア** doa

3. 坐計程車

請到 ☐ 。

CD2-50

場所＋までお願い（ねが）します。

made onegai shimasu

替換看看

王子飯店	上野車站
プリンスホテル	上野駅（うえ の えき）
purinsu hoteru	ueno eki

ここ（紙（かみ）を見（み）せる）
koko (kami o miseru)

這裡（拿紙給對方看）

そこまでどれくらいかかりますか。
soko made dorekurai kakarimasuka

到那裡要花多少
的時間？

右（みぎ）に曲（ま）がってください。
migi ni magatte kudasai

請右轉。

ここでいいです。
koko de iidesu

這裡就可以了。

129

4. 租車子

車を借りたいです。
kuruma o karitai desu

我想租車。

保証金はいくらですか。
hoshookin wa ikura desuka

押金多少錢？

保険はついていますか。
hoken wa tsuite imasuka

有附保險嗎？

車が故障しました。
kuruma ga koshoo shimashita

車子故障了。

この車を返します。
kono kuruma o kaeshimasu

這台車還你。

替換看看

租車	國際駕駛執照	契約書	爆胎
レンタカー	国際運転免許 証	契約書	パンク
rentakaa	kokusaiunten menkyoshoo	keeyakusho	panku

5.迷路了

CD2-52

上野駅はどこですか。
うえ の えき

ueno eki wa doko desuka

上野車站在哪裡？

この道をまっすぐ行ってください。
みち　　　　　　　い

kono michi o massugu itte kudasai

請沿這條路直走。

次の信号を右に曲がってください。
つぎ　しんごう　みぎ　ま

tsugi no shingoo o migi ni magatte kudasai

請在下一個
紅綠燈右轉。

上野駅は左側にあります。
うえ の えき　ひだりがわ

uenoeki wa hidarigawa ni arimsu

上野車站在左邊。

嗎？

名詞＋は＋形容詞＋ですか？
wa　　　　　　　desuka

替換看看

車站　遠	那裡　近
駅／遠い えき　とお	そこ／近い ちか
eki tooi	soko chikai

131

⑤ 觀光

1. 在旅遊詢問中心

想 ［　　　　］。 **CD2-53**

名詞＋を（へ…）＋動詞＋たいです。
o　e　　　　　　　　 tai desu

替換看看

看 煙火
花火を／見
hanabi o mi

看 慶典
お祭りを／見
omatsuri o mi

去 迪士尼樂園
ディズニーランドへ／行き
dizuniirando e iki

地図をください。
chizu o kudasai

請給我地圖。

博物館は今開いていますか。
hakubutsukan wa ima aite imasuka

博物館現在有開嗎？

ここでチケットは買えますか。
koko de chiketto wa kaemasuka

這裡可以買票嗎？

2.跟旅行團

我要 ＿＿＿＿。

名詞＋がいいです。
ga ii desu

CD2-54

替換看看

| 一日行程
いちにち
一日コース
ichinichi koosu | 下午行程
ご ご
午後コース
gogo koosu |

食事は付きますか。
shokuji wa tsukimasuka

有附餐嗎？

出発は何時ですか。
shuppatsu wa nanji desuka

幾點出發？

何時に戻りますか。
nanji ni modorimasuka

幾點回來？

替換看看

| 旅行團
ツアー
tsuaa | 半天
はんにち
半日
hannichi | 活動
イベント
ibento | 免費
む りょう
無料
muryoo |

133

3. 拍照

可以 [　　　] 嗎？

名詞＋を＋動詞＋もいいですか。

o　　　　　　mo ii desuka

替換看看

照　相	抽　煙
写真<ruby>しゃしん</ruby>／撮<ruby>と</ruby>って	タバコ／吸<ruby>す</ruby>って
shashin totte	tabako sutte

写真<ruby>しゃしん</ruby>を撮<ruby>と</ruby>っていただけますか。

shashin o totte itadakemasuka

可以幫我拍照嗎？

ここを押<ruby>お</ruby>すだけです。

koko o osu dake desu

只要按這裡就行了。

一緒<ruby>いっしょ</ruby>に写真<ruby>しゃしん</ruby>を撮<ruby>と</ruby>ってもいいですか。

issho ni shashin o tottemo ii desuka

可以一起照個相嗎？

もう一枚<ruby>いちまい</ruby>お願<ruby>ねが</ruby>いします。

moo ichimai onegai shimasu

麻煩再拍一張。

4.到美術館、博物館

 呀。

形容詞＋名詞＋ですね。
desune

替換看看

好棒的　畫 素敵な／絵 suteki na e	好漂亮的　和服 綺麗な／着物 kiree na kimono
好傑出的　作品 すばらしい／作品 subarasii sakuhin	好壯觀的　建築物 すごい／建物 sugoi tatemono

---

入場料はいくらですか。
nyuujooryoo wa ikura desuka

入場費多少？

館内ガイドはいますか。
kannai gaido wa imasuka

有館內導覽服務嗎？

何時に閉館ですか。
nanji ni heekan desuka

幾點休館？

5.買票

給我 ____ 。

名詞＋数量＋お願いします。
onegai shimasu

替換看看

兩張 成人票	一張 學生票
大人／二枚	学生／一枚
otona nimai	gakusee ichimai

チケット売り場はどこですか。
chiketto uriba wa doko desuka

售票處在哪裡？

学生割引はありますか。
gakusee waribiki wa arimasuka

學生有折扣嗎？

１階の席がいいです。
ikkai no seki ga ii desu

我要一樓的位子。

もっと安い席はありますか。
motto yasui seki wa arimasuka

有沒有更便宜的座位？

136

6.看電影、聽演唱會

CD2-58

想看▢▢▢▢。

名詞＋を見たいです。

o mitai desu

替換看看

電影
映画
eega

音樂會
コンサート
konsaato

いま、にんきのあるえいがはなんですか。
今、人気のある映画は何ですか。
ima, ninki no aru eega wa nan desuka

目前受歡迎的電影是哪一部？

いつまで上演していますか。
itsu made jooen shite imasuka

會上映到什麼時候？

次の上演は何時ですか。
tsugi no jooen wa nanji desuka

下一場幾點上映？

何分前に入りますか。
nanpunmae ni hairimasuka

幾分前進場？

---

7. 去唱卡拉OK

CD2-59

☐ 多少錢？

数量＋いくらですか。
ikura desuka

替換看看

一小時 一時間 ichijikan	一個人 一人 hitori

カラオケに行きましょう。
karaoke ni ikimashoo

去唱卡拉OK吧。

基本 料金はいくらですか。
kihonryookin wa ikuradesuka

基本消費多少？

延長はできますか。
enchoo wa dekimasuka

可以延長嗎？

リモコンはどうやって使いますか。
rimokon wa dooyatte tsukaimasuka

遙控器如何使用？

138

8. 去算命

CD2-60

□ 的 □ 如何？

時間＋の＋名詞＋はどうですか。
no wa doo desuka

替換看看

今年　運勢 今年／運勢 kotoshi unsee	明年　財運 来年／金銭運 rainen kinsenun
這個月　工作運 今月／仕事運 kongetsu shigotoun	這星期　愛情運勢 今週／愛情運 konshuu aijooun

1972年9月18日 生まれです。
sen kyuuhyaku nanajuu ni nen kugatsu juuhachinichi umaredesu

我出生於1972年9月18日

恋人との相性を見てください。
koibito tono aishoo o mite kudasai

請幫我看看和女朋友

（男朋友）合不合。

お守りを買えますか。
omamori o kaemasuka

可以買護身符嗎？

139

9.夜晚的娛樂

附近有 ⬚ 嗎？

近<ruby>ちか</ruby>くに＋**場所**＋はありますか。
chikaku ni　　　wa arimasuka

替換看看

酒吧	居酒屋
バー	居酒屋 （いざかや）
baa	izakaya
夜店	爵士酒吧
ナイトクラブ	ジャズクラブ
naitokurabu	jazukurabu

女性<ruby>じょせい</ruby>は2000円<ruby>にせんえん</ruby>です。
josee wa nisenen desu

女性要2000日圓。

音楽<ruby>おんがく</ruby>がいいですね。
ongaku ga ii desune

音樂不錯呢。

ラストオーダーは何時<ruby>なんじ</ruby>ですか。
rasuto oodaa wa nanji desuka

點菜最晚是幾點？

140

10.看棒球 CD2-62

今日は巨人の試合がありますか。 今天有巨人隊的比賽嗎？
きょう　　きょじん　　しあい

kyoo wa kyojin no shiai ga arimasuka

どこ対どこの試合ですか。 哪兩隊的比賽？
　　　たい　　　　しあい

doko tai doko no shiai desuka

一塁側の席を２枚ください。 請給我兩張一壘附近
いちるいがわ　　せき　　にまい

ichiruigawa no seki o nimai kudasai 的座位。

ここに座ってもいいですか。 可以坐這裡嗎？
　　　　すわ

koko ni suwattemo ii desuka

サインをください。 請簽名。

sain o kudasai

替換看看			
棒球場	夜間棒球賽	三振	全壘打
野球場	ナイター	三振	ホームラン
やきゅうじょう		さんしん	
yakyuujoo	naitaa	sanshin	hoomuran

1.買衣服

在找 _____ 。

CD2-63

衣服 ＋を探しています。
o sagashite imasu

替換看看

裙子	褲子
スカート	ズボン
sukaato	zubon
外套	T恤
コート	Tシャツ
kooto	tii shatsu

婦人服売り場はどこですか。
fujinfuku uriba wa doko desuka

婦女服飾賣場在哪裡？

こちらはいかがですか。
kochira wa ikaga desuka

這個如何？

このズボンはどうですか。
kono zubon wa doo desuka

這條褲子如何？

2.試穿衣服

可以 ___ 嗎？

CD2-64

動詞＋もいいですか。
mo ii desuka

替換看看

| 試穿
しちゃく
試着して
shichakushite | 摸
さわ
触って
sawatte |

それを見せてください。
sore o misete kudasai

那個讓我看一下。

ちょっと小さいですね。
chotto chiisai desune

有點小呢。

白いのはありませんか。
shiroi no wa arimasenka

有沒有白色的？

これは麻ですか。
kore wa asa desuka

這是麻嗎？

---

3. 決定要買

ちょっと長いです。
なが
chotto nagai desu

有點長。

丈をつめられますか。
たけ
take o tsumeraremasuka

長度可以改短一點嗎？

色がいいですね。
いろ
iro ga ii desune

顏色不錯呢。

とても気に入りました。
き い
totemo ki ni irimashita

非常喜歡。

これにします。
kore ni shimasu

我要這個。

白色	黑色	紅色	藍色
しろ	くろ	あか	あお
白	黒	赤	青
shiro	kuro	aka	ao

旅遊日語

4. 買鞋子

想要 [　　]。

鞋子 + がほしいです。
ga hoshii desu

替換看看

休閒鞋	涼鞋
スニーカー suniikaa	サンダル sandaru
高跟鞋	靴子
ハイヒール haihiiru	ブーツ buutsu

CD2-66

太 [　　]。

形容詞 + すぎます。
sugimasu

替換看看

大	小
大き ooki	小さ chiisa
長	短
長 naga	短 mijika

145

5.決定買鞋子

CD2-67

我要 ___ 的。

形容詞 の(なの)＋がいいです。
no(nano) + ga ii desu

替換看看

小 ちい 小さい chiisai	黒 くろ 黒い kuroi

ちょっときついです。
chotto kitsui desu

有點緊。

一番人気なのはどれですか。
いちばんにん き
ichiban ninki nano wa dore desuka

最受歡迎的是哪一雙？

これをください。
kore o kudasai

請給我這一雙。

6. 買土產

給我 ____ 。

数量＋ください。
kudasai

替換看看

一個 ひと 一つ hitotsu	一張 いちまい 一枚 ichimai

お土産にいいのはありますか。
omiyage ni ii no wa arimasuka

有沒有適合送人的名產？

どれが人気ありますか。
dore ga ninki arimasuka

哪一個較受歡迎？

同じものを八つください。
onaji mono o yattsu kudasai

給我8個同樣的東西。

別々に包んでください。
betsubetsu ni tsutsunde kudasai

請分開包裝。

147

7. 討價還價

CD2-69

請 ⬚ 。

形容詞+してください。
shite kudasai

| 便宜一點
安_{やす}く
yasuku | 快一點
早_{はや}く
hayaku |

高_{たか}すぎます。
takasugimasu

太貴了。

2000円_{にせんえん}なら買_かいます。
nisenen nara kaimasu

2000日圓就買。

1万円_{いちまんえん} 以内_{いない}の物_{もの}のがいいです。
ichimanen inai no mono ga ii desu

最好是1萬日圓以內的東西。

それでは、いりません。
soredewa, irimasen

那我就不要了。

旅遊日語

8. 付錢

CD2-70

要如何付款？
Q: お支払いはどうなさいます。
oshiharai wa doo nasaimasu

麻煩你我用 ☐ 。
A: 名詞＋でお願いします。
de onegai shimasu

替換看看

刷卡	現金
カード	現金
kaado	genkin

要分幾次付款？
Q: お支払い回数は？
oshiharai kaisuu wa

☐ 。
A: 次數＋です。
desu

替換看看

一次	六次
一回	六回
ikkai	rokkai

レジはどこですか。
reji wa doko desuka

在哪裡結帳？

ここにサインをお願いします。
koko ni sain o onegai shimasu

請在這裡簽名。

149

1.文化及社會

喜歡日本的 ⬜ 。

CD2-71

日本の+名詞+が好きです。

nihon no　　　　　　ga suki desu

替換看看

歌	漫畫
うた **歌**	**マンガ**
uta	manga
連續劇	慶典
ドラマ	まつり　まつ **お祭（お祭り）**
dorama	omatsuri

對日本的 ⬜ 有興趣。

日本の+名詞+に興味があります。

nihon no　　　　　　ni kyoomi ga arimasu

替換看看

文化	經濟
ぶん か **文化**	けいざい **経済**
bunka	keezai
藝術	歷史
げいじゅつ **芸術**	れき し **歴史**
geejutsu	rekishi

2.日本慶典

CD2-72

在　　　　有慶典。

場所＋で＋**祭り**＋があります。
　　　　de　　　　ga arimasu

替換看看

徳島　阿波舞	東京　神田祭
とくしま　あ わ おど 徳島／阿波踊り	とうきょう かん だ まつり 東京／神田　祭
tokushima awaodori	tookyoo kandamatsuri
札幌　雪祭	青森　驅魔祭
さっぽろ　ゆき まつり 札幌／雪　祭	あおもり　　　まつり 青森／ねぶた祭
sapporo yukimatsuri	aomori nebutamatsuri

どんな祭ですか。
donna matsuri desuka

是怎麼樣的慶典？

いつありますか。
itsu arimasuka

什麼時候舉行？

どうやって行きますか。
dooyatte ikimasuka

怎麼去？

151

3. 日本街道

町がきれいですね。
machi ga kiree desune

市容很乾淨。

空気がいいですね。
kuuki ga ii desune

空氣很好。

お庭の花がかわいいですね。
oniwa no hana ga kawaii desune

庭院的花很可愛。

人が親切ですね。
hito ga shinsetsu desune

人很親切。

若者はおしゃれですね。
wakamono wa oshare desune

年輕人很時髦。

城市風景	中途下車	古老的房子	街角
町風景	途中下車	古い家	街角
machifuukee	tochuugesha	huruiie	machikado

8 生病了

1. 找醫生

CD2-74

医者に行きたいです。
isha ni ikitai desu

想去看醫生。

医者を呼んでください。
isha o yonde kudasai

請叫醫生來。

救急車を呼んでください。
kyuukyuusha o yonde kudasai

請叫救護車。

病院はどこですか。
byooin wa doko desuka

醫院在哪裡？

診察時間はいつですか。
shinsatsu jikan wa itsu desuka

看診時間幾點？

風邪	心臓病	高血圧	糖尿病
kaze	shinzoobyoo	kooketsuatsu	toonyoobyoo

2. 說出症狀

CD2-75

怎麼了？

Q: どうしましたか？

doo shimashitaka

感到 ⬜ 。

A: 症狀＋がします。

ga shimasu

替換看看	
吐 は け 吐き気 hakike	發冷 さむ け 寒気 samuke
頭暈 め まい 目眩 memai	

⬜ 痛。

⬜＋が痛いです。

ga itaidesu

替換看看	
頭 あたま 頭 atama	肚子 なか お腹 onaka

154

3. 接受治療　　　CD2-76

横になってください。
yoko ni natte kudasai

請躺下來。

深呼吸してください。
shinkokyuu shite kudasai

請深呼吸。

この辺は痛いですか。
kono hen wa itai desuka

這裡會痛嗎？

食あたりですね。
shokuatari desune

食物中毒。

薬を出します。
kusuri o dashimasu

開藥方給你。

好像發燒	很疲倦	流鼻水	打噴嚏
熱っぽい	だるい	鼻水	くしゃみ
netsuppoi	darui	hanamizu	kushami

4. 到藥局拿藥

CD2-77

薬<ruby>くすり</ruby>は<ruby>一日三回</ruby>飲<ruby>の</ruby>んでください。 一天請服三次藥。

kusuri wa ichinichi sankai nonde kudasai

食<ruby>しょく</ruby>後<ruby>ご</ruby>に飲<ruby>の</ruby>んでください。 請在飯後服用。

shokugo ni nonde kudasai

この軟膏<ruby>なんこう</ruby>を傷<ruby>きず</ruby>に塗<ruby>ぬ</ruby>りなさい。 請將這個軟膏塗抹在傷口上。

kono nankoo o kizu ni nurinasai

お大事<ruby>だいじ</ruby>に。 請多保重。

odaiji ni

診断書<ruby>しんだんしょ</ruby>をお願<ruby>ねが</ruby>いします。 請開診斷書給我。

shindansho o onegai shimasu

替換看看

感冒藥 風邪薬 かぜぐすり kazegusuri	胃腸藥 胃腸薬 いちょうやく ichooyaku	鎮痛劑 鎮痛剤 ちんつうざい chintsuuzai	眼藥水 目薬 めぐすり megusuri

9 遇到麻煩

1. 東西不見了

CD2-78

＿＿＿＿ 不見了。

物＋をなくしました。
o nakushimashita

替換看看

護照	相機
パスポート pasupooto	カメラ kamera
手提包	房間鑰匙
かばん kaban	部屋の鍵 heya no kagi

＿＿＿＿ 忘在 ＿＿＿＿ 了。

場所＋に＋物＋を忘れました。
ni　　　　o wasuremashita

替換看看

行李　電車	鑰匙　房間
電車／荷物 denshua nimotsu	部屋／鍵 heya kagi
電腦　計程車	
タクシー／パソコン takushii pasokon	

2. 東西被偷了

被偷了。

物＋を盗まれました。

o nusumaremashita

CD2-79

替換看看

錢包	信用卡
さいふ	
財布	**クレジットカード**
saifu	kurejitto kaado

行李箱	戒指
	ゆびわ
スーツケース	**指輪**
suutsukeesu	yubiwa

犯人是 。

はんにん
犯人は＋**人**＋です。

hannin wa   desu

替換看看

年輕男性	矮個子的男性
わか おとこ	せ ひく おとこ
若い男	**背の低い男**
wakai otoko	se no hikui otoko

長髮的女性	帶著眼鏡的女性
かみ なが おんな	おんな
髪の長い女	**めがねをかけた女**
kami no nagai onna	megane o kaketa onna

158

3. 在警察局

CD2-80

落し物しました。
otoshimono o shimashita

東西弄丟了。

黒いかばんです。
kuroi kaban desu

黑色包包。

財布とカードが入っています。
saifu to kaado ga haitte imasu

裡面有錢包和信用卡。

カード会社に電話してほしいです。
kaado gaisha ni denwashite hoshii desu

希望能幫我打電話給發卡公司。

紛失届けを書いてください。
funshitsutodoke o kaite kudasai

請填寫遺失表格。

替換看看

警察	身分証明書	通關	補發
警察	身分証明書	パスポート	再発行
keesatsu	mibunshoomeesho	pasupooto	saihakkoo

輕便本

溜日語會話

這樣就行啦

附贈 MP3

發行人 ●	林德勝
著者 ●	吉松由美
出版發行 ●	山田社文化事業有限公司
	臺北市大安區安和路112巷17號7樓
	電話 02-2755-7622
	傳真 02-2700-1887

郵政劃撥 ●	19867160號　大原文化事業有限公司
網路購書 ●	日語英語學習網　http://www.daybooks.com.tw
總經銷 ●	聯合發行股份有限公司
	新北市新店區寶橋路235巷6弄6號2樓
	電話 02-2917-8022
	傳真 02-2915-6275

印刷 ●	上鎰數位科技印刷有限公司
法律顧問 ●	林長振法律事務所　林長振律師
初版 ●	2013年12月
定價 ●	新台幣220元

© 2013, Shan Tian She Culture Co., Ltd.